À Mademoiselle Capucine

© 2002, *l'école des loisirs*, Paris
© 2015, pour la présente édition

Loi 49 956 du 16 juillet 1949,
sur les publications destinées à la jeunesse.
Dépôt légal: avril 2018
ISBN 978-2-211-22149-8

Mise en pages: *Architexte*, Bruxelles
Photogravure: *Media Process*, Bruxelles
Imprimé en Italie par *Grafiche AZ*, Vérone

Rascal

Boucle d'or & les trois ours

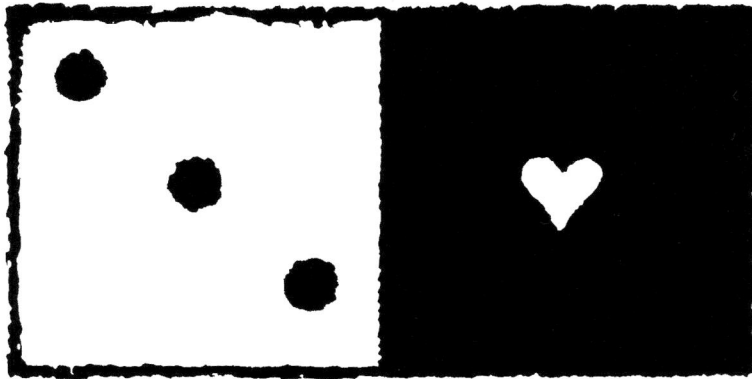

Pastel
l'école des loisirs

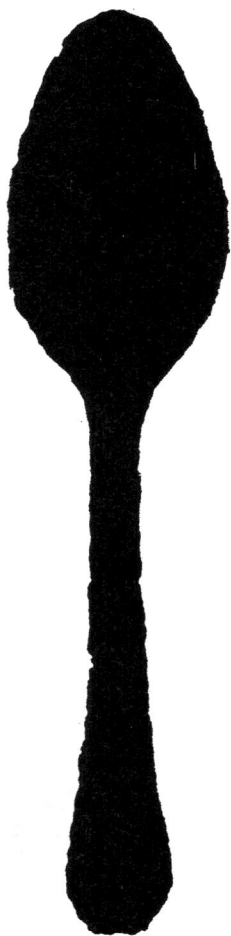